괴물 예절 배우기

SEOUL, 1997

괴물 예절 배우기

초판 제1쇄 발행일 1997년 12월 19일
초판 제95쇄 발행일 2022년 3월 20일
글 조안나 코올 그림 재러드 더글라스 리 옮김 이복희
발행인 박헌용, 윤호권 발행처 (주)시공사
주소 서울시 성동구 상원1길 22, 6-8층 (우편번호 04779)
대표전화 02-3486-6877 팩스(주문) 02-585-1247
홈페이지 www.sigongsa.com/www.sigongjunior.com

MONSTER MANNERS
Text copyright ⓒ 1985 by Joanna Cole
Illustrations copyright ⓒ 1985 by Jared D. Lee
All rights reserved.
Korean translation copyright ⓒ 1997 by Sigongsa Co., Ltd.
This Korean edition was published by arrangement with Scholastic Inc.,
New York through KCC, Seoul.

이 책의 한국어판 저작권은 KCC를 통해
Scholastic Inc.와 독점 계약한 (주)시공사에 있습니다. 저작권법에 의해
한국 내에서 보호받는 저작물이므로 무단 전재와 무단 복제를 금합니다.

ISBN 978-89-527-8675-3 74840
ISBN 978-89-527-5579-7 (세트)

*시공사는 시공간을 넘는 무한한 콘텐츠 세상을 만듭니다.
*시공사는 더 나은 내일을 함께 만들 여러분의 소중한 의견을 기다립니다.
*잘못 만들어진 책은 구입하신 곳에서 바꾸어 드립니다.

KC KC마크는 이 제품이 공통안전기준에 적합하였음을 의미합니다.
제조국 : 대한민국 사용 연령 : 8세 이상
책장에 손이 베이지 않게, 모서리에 다치지 않게 주의하세요.

괴물 예절 배우기

조안나 코울 글 · 재러드 더글라스 리 그림 · 이복희 옮김

시공주니어

괴물 예절 배우기

로지는 작지만

흠잡을 데 없는 괴물이었습니다.

멋진 뾰족 이빨에,

작지만 날카로운 갈퀴 모양의 발톱에,

캄캄한 밤에도 번쩍번쩍 빛나는 초록색 눈까지

갖추고 있었지요.

그런데 로지한테는 문제가 딱 한 가지 있었습니다.

괴물들이 지켜야 하는 예절을

언제나 잊어버리는 거였어요.

괴물들은

친구들과 싸우며

장난감을 망가뜨린다고들 합니다.

하지만 로지는 누구하고나 사이좋게 지냈어요.

그래서 로지의 엄마는 무척 근심스러웠습니다.

괴물들은

거칠게 으르릉거리면서

전화를 받는다고들 합니다.

하지만 로지는 괴물들이 지켜야 하는
예절을 잊어버리고 상냥한 목소리로
"여보세요." 했지요.

그래서 로지의 아빠는 무척 속이 상했어요.

또, 괴물들은

바위를 우두둑우두둑 씹어 대며

자기들이 얼마나 과격한지 과시한다고들 합니다.

하지만 로지는 바위를 한 입

오도독오도독 먹고 나면

양치질을 하러

달려갔습니다.

로지는 바위 조각이

이 사이에 끼는 걸 좋아하지 않거든요.

어느 날, 로지네 가족이

산책을 하고 있을 때였어요.

로지는 어떤 할아버지가 길을 건너는 걸

도와 주기까지 했어요.

로지의 엄마와 아빠는 고개를 절레절레 흔들었어요.

"걱정이야, 걱정. 저러다

괴물들의 예절을 못 배우면 어쩌지."

"이 험한 세상을 어떻게 살려고…"

로지의 엄마와 아빠가 서로 이야기하고 있는데

로지의 가장 친한 친구인

프루넬라가 지나갔어요.

"프루넬라야, 너는 참 예의바르구나.

나한테도 예절 좀 가르쳐 줄래?"

"그러지, 뭐."

그래서 프루넬라가 로지에게

예절을 가르치게 되었습니다.

첫 수업은

괴물 표정 짓기였어요.

프루넬라는 로지에게 괴물 표정을
어떻게 짓는지 보여 주었습니다.
괴물 표정 하나…

괴물 표정 둘…

괴물 표정 셋…

괴물 표정 넷.

이제, 로지의 차례가 되었어요.

로지는 괴물 표정을 지으려 했어요.

로지의 괴물 표정 하나⋯

로지의 괴물 표정 둘⋯

로지의 괴물 표정 셋⋯

로지의 괴물 표정 넷.

"끔찍하다. 끔찍해.

다른 걸 해 보자.

식사 예절은 좀 낫겠지."

프루넬라는

로지를 데리고

식당에 갔어요.

그리고 점심 식사를 주문했지요.

프루넬라가 음식을 먹기 시작하자

사람들은 모두 하얗게 질려 버렸어요.

어찌나 끔찍한지!

23

로지는 늘 그랬듯이, 괴물들이 지켜야 하는

예절을 잊어버리고 말았어요.

로지는 냅킨을 펴고,

포크와 스푼으로 음식을 먹었습니다.

그리고 프루넬라에게 소금을 건네달라고 하며,

또 잊어버리고

"미안하지만" 이라는 말을 했어요.

프루넬라는

화를 냈습니다.

"너는 노력조차 안 하고 있어."

프루넬라는 로지에게 한 번 더

기회를 주기로 했어요.

"이번에는 괴물들의 방문 예절을 공부하자.

우리 네드 삼촌 집에 쳐들어 가는 거야."

프루넬라는 더할 나위 없이 괴물답게 행동했습니다.

먼저, 프루넬라는 초인종을 줄기차게,

열 번이나 눌러 댔어요.

네드 삼촌이 "들어와."라고 말한 걸 들었는데도요.

그러고 나서 프루넬라는

문이 떨어져 나가도록 노크를 해 댔어요.

집 안으로 들어가서는

네드 삼촌이 아끼는 소파에서 폴짝폴짝 뛰었고요.

프루넬라는 양탄자에다

꽃이 꽂힌 꽃병도 쏟아 버렸지요.

그리고 마지막으로,

프루넬라는 네드 삼촌의 발을

아주 세게 밟았습니다.

네드 삼촌은 프루넬라를 대견스러워했어요.

하지만 로지는 "처음 뵙겠습니다."라고 인사하고

소파에 얌전히 앉았습니다.

네드 삼촌은 끔찍해했어요.

그리고 프루넬라에게

로지가 괴물 예절을 좀더 배울 때까지

삼촌 집에 데려오라고 했어요.

프루넬라는 손을 내저었지요.

"난 할 만큼 했어, 로지.

더 이상은 못해."

로지는 고개를 떨구고

프루넬라를 따라갔습니다.

난생 처음으로 로지는

자기가 남들을 얼마나 불행하게 하는지

깨달았어요.

그래서, 로지도 불행했지요.

로지와 프루넬라가
로지의 집에 도착하니,
집은 엉망이었습니다.
수도관이 터져서
여기저기에서 물이
마구마구 쏟아져 나오고 있었어요.

"누가 좀 도와 주세요!

물이 넘치고 있어요."라고 로지가 소리쳤어요.

로지의 엄마와 아빠가 달려 나왔어요.

로지의 엄마는

배관공에게 전화를 걸어

으르렁거렸어요.

배관공이 전화를 끊어 버렸어요.

로지의 아빠가 전화를 걸어

고함을 질렀어요.

배관공이 전화를

딱 끊어 버렸지요.

프루넬라도 전화를 걸어 보았지만

마찬가지였죠.

이제 집 안에는 있을 만한 데가 없었어요.

물은 점점 불어 났습니다.

누군가가 어떻게든 해야 했습니다.

바로 그 때에, 로지가

조금도 주저하지 않고 전화를 걸었어요.

그리고 상냥한 목소리로

"여보세요. 우리 집에 물이 새는데요,

미안하지만, 좀 와 주시겠어요?"라고 말했어요.

"네, 곧바로 가겠습니다."

"고맙습니다."

배관공이 돌아갔습니다.

집 안은 다시

깨끗해졌어요.

로지의 엄마가 로지의 아빠를 보고

말했어요.

"여보, 당신도 봤겠지만,

로지의 이상한 예절이

가끔 쓸모 있네요."

"네가 그 이상한 예절을
알고 있어서 다행이구나."라고
로지의 아빠가 로지에게 말했지요.

로지의 엄마와 아빠는 로지를 꼭 끌어안고

입을 맞추었어요.

그리고 로지는 밖으로 나가 놀았습니다.

로지의 엄마가 창가에서 내다보며

큰 소리로 말했어요.

"이제 예절 따윈 신경쓰지 마라, 애야."

"네, 엄마."

옮긴이의 말

괴물들이 지켜야 하는 예절은 우리가 알고 있는 예절과는 많이 다른 모양입니다.

로지는 괴물들의 예절을 열심히 배우려고 했지만 괴물들의 예절은 위기 상황에서 별 도움이 되지 못했습니다. 괴물들의 예절 따위는 아무짝에도 소용이 없었습니다.

예절은, 우리가 남들과 더불어 살아야 하기 때문에 필요한 것입니다. 여러분, 인간의 예절을 배우세요. 전화는 상냥하게 받고 몸이 불편한 할아버지가 있으면 도와 드리세요. 혹 괴물들이 하는 것처럼 친구들과 싸우거나 남의 장난감을 망가뜨리거나 소파에서 뛰어 대면 눈이 초록색으로 변할지도 모르거든요.

이복희